D1574389

BEGOÑA IBARROLA

LA MONTAÑA DE IVÁN

Ilustraciones de Raquel P. Fariñas

DESCLÉE DE BROUWER

El lugar donde vivía Iván era un pueblo bastante feo, con casas poco cuidadas y basura y escombros por las calles, donde el viento soplaba a menudo con fuerza, llenando de polvo y suciedad cada rincón.

Para colmo de males, sus habitantes dejaban abandonado en cualquier lugar todo lo que no les servía, les daba igual que fuera la calle o el campo, y a menudo se encontraban de nuevo ante sus casas la basura que el viento les devolvía.

A las afueras del pueblo había campos yermos donde nada crecía y solo las malas hierbas desplazaban a los antiguos cultivos que ya no prosperaban por falta de agua.

Algunos niños pequeños nunca habían visto llover.

—Antes de la sequía el pueblo era distinto –decía uno de los vecinos más mayores–, la lluvia hacía crecer la hierba, había huertas y el campo daba gusto verlo, las flores tapizaban los prados y adornaban nuestras ventanas.

—Y cómo me gustaba oír los cencerros de las vacas y ovejas cuando volvían al redil por las tardes... –decía otro con la mirada perdida, añorando tiempos pasados.

—Este pueblo está maldito –añadía otro–, solo el viento viene a visitarnos y a su paso aún ensucia más nuestras calles.

—¿Cómo no va a estar sucio si tiramos lo que no nos sirve en cualquier lado? –comentaba otro–, por supuesto que antes era más bonito.

Pero no hacían nada para cambiar la situación y el pueblo cada día estaba más y más sucio, y más y más feo. Parecía que a nadie le importaba ya tener flores en las ventanas, limpias las calles o encaladas las fachadas de las casas.

Aquella mañana en la escuela, mientras su maestro les contaba una historia sobre un lugar donde llovía mucho, Iván le preguntó:

—Maestro, ¿por qué no llueve nunca aquí?

—Porque el clima del planeta está cambiando, aunque sería diferente si hubiera montañas cerca. A las nubes les gusta conversar con las montañas y, antes de continuar su viaje, sueltan el agua que llevan para sus amigas.

—¿Y por qué no construimos nosotros una montaña? –preguntó Iván con los ojos muy abiertos.

Sus compañeros se echaron a reír y su maestro sonrió, pero el niño se quedó callado mientras aquella idea empezaba a dar vueltas en su cabeza.

Y a partir de aquel día, nada más terminar las clases, Iván comenzó a recoger todas las cosas que sus vecinos tiraban a la calle y, con una vieja carretilla que le dejó su abuelo, fue llevando sillas rotas, cajas, garrafas de plástico y un sinfín de trastos que ya no servían para nada a las afueras del pueblo, junto al cauce seco del antiguo río.

Los vecinos lo miraban sorprendidos cuando pasaba delante de sus casas y alguno le daba las gracias por quitarle aquellas cosas de su vista. Sin embargo seguían sentados, como si el tema no fuera con ellos y pensaban que al niño le faltaba un tornillo.

Hasta que un día uno de sus amigos se ofreció a ayudarle, y después sus compañeros de clase siguieron su ejemplo, agarraron sus carretillas y fueron llevando sus basuras y objetos inservibles al lugar donde Iván los estaba almacenando.

Y lo que en principio era un montón de basura, escombros, bártulos y cachivaches, empezó a crecer y a crecer mientras que el pueblo estaba cada día más limpio, pues el viento ya solo arrastraba el polvo y algunos matorrales secos del campo.

Pero en realidad nadie conocía la verdadera intención de Iván, hasta que un día le dijo a su madre:

—¿Y por qué ahora no echamos tierra encima para tapar ese montón de basura tan feo? Podríamos hacer una montaña y así a lo mejor las nubes se animarían a venir.

Su madre sonrió al verlo tan emocionado, pero solo le contestó:

—Bueno, inténtalo hijo, a ver qué consigues, pero ya te digo que la idea que tienes en la cabeza es bastante descabellada y si no te ayudamos los mayores, puedes hacerte viejo sin conseguirlo.

Esa tarde el maestro les pidió que escucharan lo que Iván les quería contar y a sus compañeros de la escuela también les pareció una buena idea crear una montaña. Además era muy divertido y, cada tarde, al terminar las clases, iban todos con carretillas y palas a ayudar a Iván a sacar tierra del cauce del río seco para echarla encima de la basura y los trastos viejos.

Un día, los padres de los compañeros de Iván, avergonzados al ver lo que hacían sus hijos, comenzaron a imitarlos y, como tenían más fuerza, sacaban más cantidad de tierra y entre todos consiguieron que, en menos tiempo de lo esperado, aquel montón de basura estuviera cubierto completamente de tierra.

Solo entonces, cuando los vecinos estaban satisfechos de ver cómo crecía la montaña y lo limpio que estaba su pueblo, Iván se atrevió a contarles su ambicioso plan:

—Y ahora que hemos llegado hasta aquí, ¿por qué no hacemos la montaña más alta para que las nubes se acerquen y nos dejen su agua?

En aquel momento nadie dijo nada y se fueron a sus casas pensando que aquello era un disparate, pero un día el alcalde decidió convocar a todos los habitantes del pueblo para tratar el tema.

—Queridos vecinos, la idea de Iván es muy buena y por intentarlo no pasa nada. El pueblo está limpio pero estaría mejor si tuviéramos agua. Volved a mirar en vuestras casas por si aún quedan cosas que ya no sirvan para nada y subidlas a la montaña. Después seguiremos sacando tierra del viejo cauce hasta hacer un agujero grande y profundo que nos servirá para embalsar el agua de lluvia, por si las nubes deciden visitarnos, aunque... no estoy seguro de que funcione.

El alcalde dijo la última frase en voz baja, como si temiera la reacción de los vecinos.

—Bueno, pero si no lo intentamos, nunca lo sabremos –añadió el maestro, mientras guiñaba un ojo a Iván.

—¡Sí! ¡Sí! ¡Vamos a hacerlo! ¡Vamos a hacerlo! –exclamaron todos con entusiasmo.

Y poco a poco la montaña fue creciendo y creciendo, y tuvieron que hacer una rampa para que las carretillas con la tierra pudieran subir. Todo el mundo quería colaborar y hasta los niños pequeños ayudaban a sus padres a llenarlas.

Si alguien los hubiera visto antes, sentados en la puerta de sus casas, entre basura y suciedad, no hubieran pensado que eran las mismas personas, pero ahora estaban muy contentos pues, por primera vez, hacían algo entre todos y se sentían más unidos que nunca.

Iván estaba feliz al ver que su idea la apoyaban todos los vecinos, bueno... todos no. Al dueño del bar, Marcelo, no le gustaba aquella idea tan extraña, eso decía, pero en realidad lo que le molestaba era que algunas personas ya no iban tanto a su bar, ni se pasaban las horas jugando al dominó o a las cartas.

Una tarde, al pasar Iván delante del bar, Marcelo le llamó:

—¡Iván! ¡Iván! ¡Ven! ¡Tengo algo que decirte!

El niño se acercó un poco temeroso, pues sabía que el dueño del bar estaba enfadado, así que antes de dejarle hablar se disculpó:

—Lo siento, señor Marcelo, yo no pensaba que mi abuelo y sus amigos iban a dejar de jugar su partida de dominó, no es culpa mía.

—No, ya sé que no tienes la culpa, pero he pensado que a lo mejor tú me puedes ayudar. ¿Qué te parece si pongo un kiosco de bebidas y bocadillos junto a tu montaña para que beban y repongan fuerzas los que están llevando las carretillas?
He visto cómo sudan los pobres, así salimos todos ganando.
¿Podrías hacerme tú un letrero con el nombre del bar para ponerlo encima? Sé que pintas muy bien.

Iván sonrió. Sí, era una buena idea, y al poco tiempo los vecinos se encontraron con la sorpresa y casi todos compraron bebidas y bocadillos, por lo que Marcelo se puso muy contento e Iván también, pues el letrero le quedó precioso.

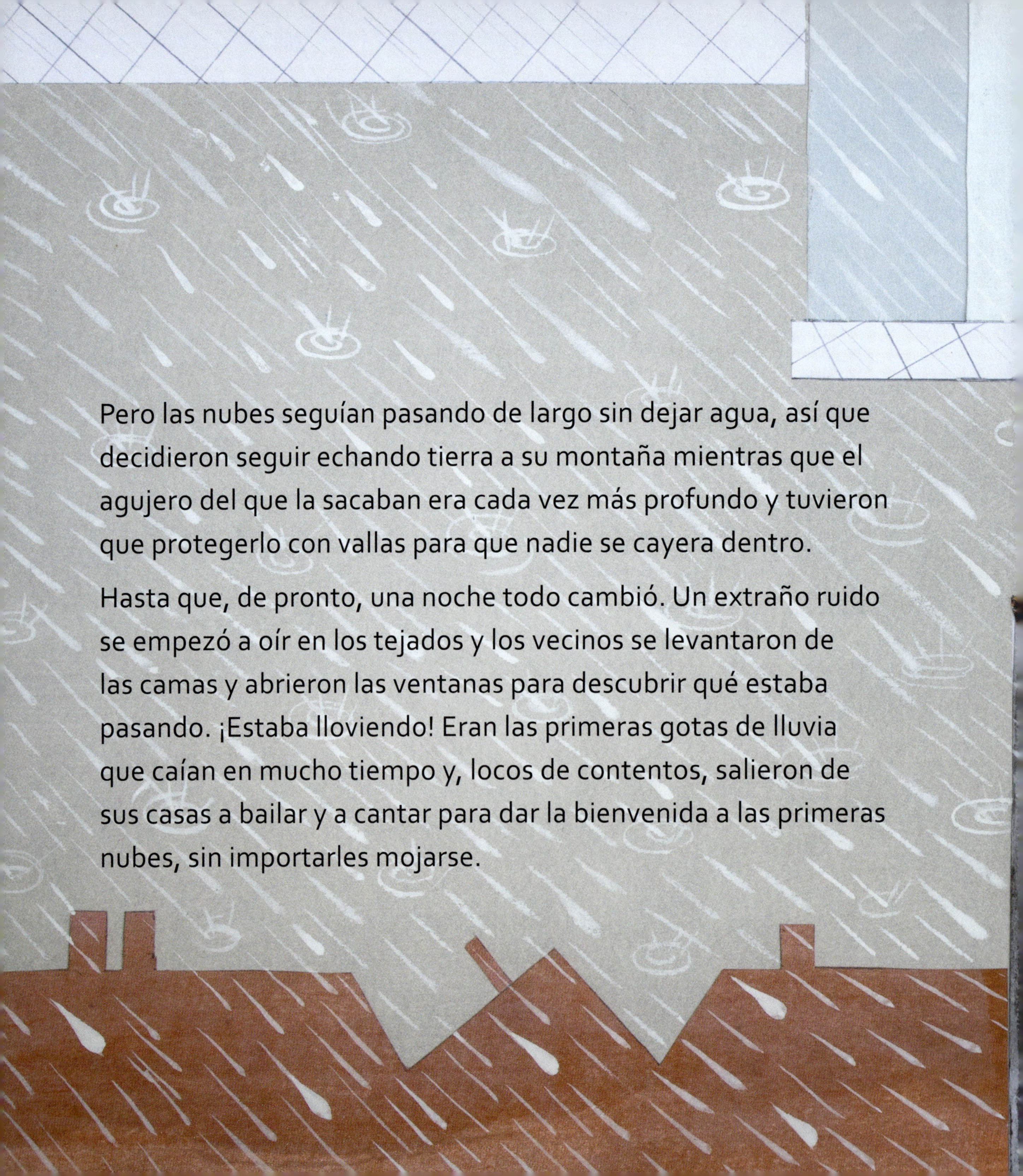

Pero las nubes seguían pasando de largo sin dejar agua, así que decidieron seguir echando tierra a su montaña mientras que el agujero del que la sacaban era cada vez más profundo y tuvieron que protegerlo con vallas para que nadie se cayera dentro.

Hasta que, de pronto, una noche todo cambió. Un extraño ruido se empezó a oír en los tejados y los vecinos se levantaron de las camas y abrieron las ventanas para descubrir qué estaba pasando. ¡Estaba lloviendo! Eran las primeras gotas de lluvia que caían en mucho tiempo y, locos de contentos, salieron de sus casas a bailar y a cantar para dar la bienvenida a las primeras nubes, sin importarles mojarse.

Como es natural, la noticia sobre la aparición de una nueva montaña había provocado la curiosidad de las nubes y todas, incluso las más lejanas, querían acercarse a conocerla, por eso empezó a llover y a llover, porque además las nubes se quedaban a escuchar la historia de cómo la habían construido y decían sorprendidas:

—¡No me lo puedo creer! ¿Qué me dices que hay en tu interior?

—Es verdad, os lo prometo –decía la montaña orgullosa de provocar tanta expectación–, debajo de la tierra hay un montón de basura y de trastos que nadie usaba, fue una idea estupenda, ¿verdad?

—¡Ya lo creo! Y además estás preciosa, no tienes nada que envidiar a las otras montañas.

—De donde yo vengo son mucho más grandes, pero tú eres la única que ha sido creada por los hombres, eres especial, puedes sentirte orgullosa.

Y vaya que lo estaba, aunque todavía no tenía nombre y esperaba que alguien se lo diera pronto.

Durante unos días llovió tanto, tanto, que se formó un gran lago a los pies de la montaña llenando el inmenso agujero que habían hecho entre todos y, cuando este se desbordó, el agua llenó también el antiguo cauce seco del río.

Aquello provocó una gran fiesta en el pueblo, pues cada uno sentía que la montaña, el lago y ahora el río le habían devuelto la vida y la alegría. Además ahora todos los vecinos estaban orgullosos de lo que habían conseguido por apoyar la idea de Iván.

Y como ya tenían agua, volvieron a cultivar los campos, a plantar árboles en las calles y plazas, a encalar las fachadas de las casas y a poner macetas con flores en todas las ventanas. Ahora daba gusto pasear por sus calles y Marcelo volvió a tener el bar lleno, pero esta vez, además de jugar al dominó y a las cartas, los vecinos se reunían con el alcalde alrededor de las mesas para discutir entre todos las ideas para mejorar el pueblo.

—¿Por qué no ponemos un parque infantil para los niños cerca de la plaza? –decía uno.

—¿Y por qué no le damos un nombre a la montaña? La hemos hecho nosotros, así que podríamos votar qué nombre le ponemos... –decía otro.

—¿Y por qué no hacemos concursos de la calle más bonita del pueblo? –preguntaba otro.

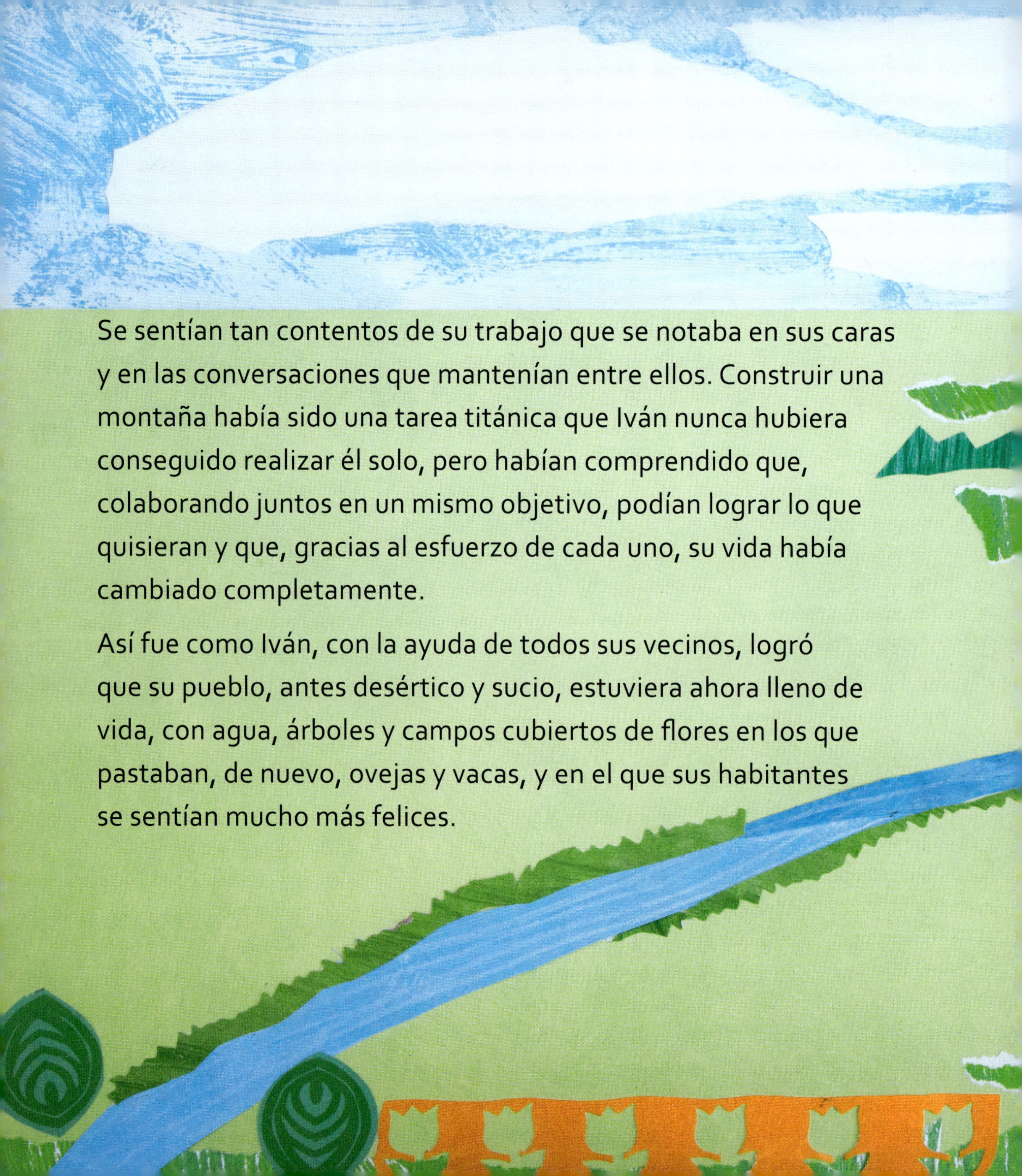

Se sentían tan contentos de su trabajo que se notaba en sus caras y en las conversaciones que mantenían entre ellos. Construir una montaña había sido una tarea titánica que Iván nunca hubiera conseguido realizar él solo, pero habían comprendido que, colaborando juntos en un mismo objetivo, podían lograr lo que quisieran y que, gracias al esfuerzo de cada uno, su vida había cambiado completamente.

Así fue como Iván, con la ayuda de todos sus vecinos, logró que su pueblo, antes desértico y sucio, estuviera ahora lleno de vida, con agua, árboles y campos cubiertos de flores en los que pastaban, de nuevo, ovejas y vacas, y en el que sus habitantes se sentían mucho más felices.

©raquelfariñas

PARA FAMILIAS Y MAESTROS:

Los valores son convicciones profundas de los seres humanos que determinan la forma de ser y orientan la conducta. Existen valores humanos universales que pertenecen a nuestra auténtica naturaleza y que son la base para vivir con armonía en comunidad y relacionarnos bien con los demás.

Los valores también nos permiten orientar nuestro comportamiento, tanto hacia nuestra realización personal como hacia el bienestar colectivo; ayudan a encontrar el sentido de nuestros actos, tomar decisiones y resolver problemas. Una vez interiorizados, se convierten en guías y pautas que marcan las directrices de una conducta coherente, por eso deben formar parte del proceso educativo de los niños.

La transmisión de los valores comienza desde los primeros meses de vida. El niño se impregna, en primer lugar, de aquellos que le enseñáis en el hogar y, después, de los que adquiere durante su convivencia en la escuela y también de los que aprende por medio de lecturas, etc.

Pero los valores deben ir asociados a actitudes y sobre todo a conductas, es decir, de nada sirve el discurso si no está acompañado de una práctica coherente.

COOPERACIÓN:

Capacidad de trabajar en equipo para lograr un objetivo común. Por eso, cooperar lleva a la persona mucho más allá de sí misma, de sus preocupaciones y sus intereses, en busca del bienestar de todos los seres humanos. Cooperación es sinónimo de colaboración y ayuda.

La cooperación fomenta la participación, facilita la organización, el reconocimiento de las habilidades de cada persona y el trabajo colectivo. Fortalece el espíritu de grupo y debilita la competencia y la necesidad de ganar, mostrando que el otro no es un adversario sino un compañero. Cuando el adulto refuerza los comportamientos de ayuda entre los niños, les anima a que los repitan y los adopten como parte de su comportamiento habitual.

CÓMO DESARROLLAR ESTE VALOR:

Para sentar la base del aprendizaje de este valor en vuestro hijo o alumno, podéis hacer lo siguiente:

- Proponerle realizar un trabajo en equipo donde el resultado final sea lo más importante.

- Animarle a prestar su ayuda cuando haya que hacer alguna tarea voluntaria y preguntarle después cómo se siente.
- Enseñarle a defender a los compañeros y a ayudarlos cuando se encuentren en dificultades.
- Identificar palabras o frases que ayuden a su grupo de compañeros o amigos a trabajar juntos.
- Ofrecerle un listado de tareas en las que puedan cooperar con los adultos en casa y en la clase.
- Valorar cualquier gesto espontáneo de colaboración con vosotros, sus compañeros o el entorno.
- Acostumbraros a colaborar en algún proyecto solidario que le ayude a concretar en una conducta este valor.
- Pedirle que escriba cada semana aquellas acciones o situaciones en las que otros le han ayudado.
- Comentar cómo se expresa este valor en el deporte y las consecuencias de no ponerlo en práctica.
- Tener un listado de cosas que en su comunidad, ciudad o pueblo se van consiguiendo gracias a la colaboración de todos.
- Resaltar aquellas cosas que se han logrado gracias a la ayuda entre países o entre comunidades, asociaciones, etcétera.
- Potenciar la cooperación entre vecinos organizando alguna acción conjunta que beneficie a todos.

OTROS TEMAS QUE SE TRATAN EN EL CUENTO:

El cuento es un recurso polivalente. Después de una primera lectura se puede observar que existen otros temas que pueden enriquecer sus posibilidades. Se puede hablar de:

- El cuidado del medio ambiente y la Ecología.
- Las consecuencias del cambio climático.
- La relación entre las nubes y las montañas.
- El papel del agua en la vida de los pueblos.
- Las personas mayores y sus valiosos recuerdos.
- El papel de la creatividad en la resolución de conflictos.
- El ejemplo como fuerza que lleva a la acción.
- La constancia para perseguir un objetivo que lleva su tiempo.
- Cómo pasar de una conducta reactiva a una proactiva.
- La participación ciudadana a la hora de resolver los problemas de la comunidad.

Henao, 6 – 48009
www.edesclee.com
info@edesclee.com
EditorialDesclee
@EdDesclee

ISBN: 978-84-330-2862-4
Depósito Legal: BI-1014-2016
Impresión: Grafo S.A. - Basauri
Impreso en España

TÍTULOS DE LA COLECCIÓN:

LA MONTAÑA DE IVÁN
LUZ EN EL ÁTICO
GAFAS DE SOL PARA UN MURCIÉLAGO
EL CLAN DEL TALISMÁN
EL DOMADOR DE MIEDOS
KILIKOLO
LA EXTRAÑA HERENCIA DE LA ABUELA
JUEGOS EN LA SELVA
MI LUGAR SECRETO